2ª GUERRA
HISTÓRIA ILUSTRADA EM
300 FOTOS

Claudio Blanc

Camelot
EDITORA

ENCONTRE MAIS
LIVROS COMO ESTE

3ª Impressão em 2024

Presidente: Paulo Roberto Houch
MTB 0083982/SP

Coordenação Editorial: Priscilla Sipans
Seleção de imagens: Claudio Blanc
Coordenação de Arte: Rubens Martim
Projeto Gráfico: Renato Darim Parisotto
Imagens: Wikicommons
Vendas: Tel.: (11) 3393-7723 (vendas@editoraonline.com.br)

Impresso no Brasil.
Foi feito o depósito legal.

	Dados Internacionais de Catalogação na Publicação (CIP) (eDOC BRASIL, Belo Horizonte/MG)
B638s	Blanc, Claudio. Segunda Guerra Mundial: história ilustrada em 300 fotos / Claudio Blanc. – Barueri, SP: Camelot, 2022. 15,5 x 23 cm
	ISBN 978-65-80921-18-8
	1. Guerra Mundial, 1939-1945 – História. I. Título CDD 940.5
	Elaborado por Maurício Amormino Júnior – CRB6/2422

Direitos reservados à
IBC – Instituto Brasileiro de Cultura LTDA
CNPJ 04.207.648/0001-94
Avenida Juruá, 762 – Alphaville Industrial
CEP. 06455-010 – Barueri/SP
www.editoraonline.com.br

1939 – PRELÚDIO

07 A 12 DE ABRIL

A Itália invade a Albânia e anexa o país através de uma união com a coroa albanesa.

Soldados italianos na Albânia...

... e a bandeira do país sob o domínio da Itália.

22 DE MAIO

O Pacto de Aço, também conhecido como "Pacto de Amizade e Aliança entre Alemanha e Itália", é assinado pela Itália fascista e Alemanha nazista. O documento declara a cooperação entre os dois países e firma, em um anexo secreto, uma aliança militar.

Galeazzo Ciano, Adolf Hitler e Joachim Von Ribbentrop, na assinatura do Pacto de Aço na Reichskanzlei, a Chancelaria do Reich, em Berlim.

02 DE AGOSTO

A carta de Einstein-Szilárd é enviada ao presidente dos Estados Unidos, Franklin D. Roosevelt. Escrita por Leó Szilárd e assinada por Albert Einstein, esta alertava sobre o risco de a Alemanha desenvolver bombas atômicas. O documento também recomendava ação por parte de Roosevelt e, eventualmente, resultou no Projeto Manhattan.

A carta, concebida e escrita pelo físico judeu-húngaro Leo Szilárd (abaixo) e assinada por Einstein, resultou na criação do Projeto Manhattan e na invenção da bomba atômica.

Leo Szilárd

23 DE AGOSTO

O Pacto Molotov-Ribbentrop, também conhecido como Tratado de Não Agressão Mútua, é assinado entre a União Soviética e a Alemanha nazista. O documento continha disposições secretas sobre a divisão da Europa Ocidental - ocupação conjunta da Polônia e ocupação soviética do Báltico, Finlândia e Bessarábia. O pacto determinava que não haveria intervenção soviética durante a invasão alemã na Polônia.

Stalin e Ribbentrop após a assinatura do pacto.

ARQUIVOS FEDEREAIS DA ALEMANHA

30 DE AGOSTO

A Alemanha dá um ultimato à Polônia exigindo o Corredor Polonês e a Cidade Livre de Danzig.

1 DE SETEMBRO

Sem resposta ao seu ultimato, a Alemanha invade a Polônia, iniciando a Segunda Guerra Mundial.

1° de setembro de 1939: os alemães derrubam a fronteira da Polônia. Tem início a II Guerra Mundial.

Infantaria polonesa em 1939.

Soldado polonês à espera dos nazistas depois de a Polônia não responder ao ultimato alemão.

O primeiro-ministro britânico Neville Chamberlain e Hitler, em 1938.

A 2ª GUERRA MUNDIAL

A INVASÃO DA POLÔNIA

Em 1 de setembro de 1939, os nazistas iniciaram a invasão à Polônia. Dois dias depois, a Grã-Bretanha, a França, a Austrália e a Nova Zelândia declararam guerra à Alemanha. Os nazistas não se intimidaram e continuaram com o ataque. A estratégia utilizada pelos alemães, chamada de Blitzkrieg (guerra-relâmpago), é baseada no ataque rápido e de surpresa, e garantiu a conquista dos territórios da Dinamarca e da Noruega, capturando portos estratégicos. Durante a crise, o primeiro-ministro da Grã-Bretanha, Neville Chamberlain, retirou-se do cargo e foi substituído por Winston Churchill, em 10 de maio de 1940. Neste mesmo dia, o exército de Hitler invadiu Luxemburgo, Bélgica e Holanda.

Tanques leves poloneses em formação durante os primeiros dias da Guerra Defensiva, em 1939.

BATALHA DE MŁAWA

Esse combate, em defesa da cidade de Miawa, foi uma das batalhas da abertura da Invasão da Polônia e da Segunda Guerra Mundial, travada entre as forças do general polonês Krukowicz-Przedrzymirski e do general alemão Georg von Küchler.

A BATALHA DE BZURA

| 9 A 22 SETEMBRO |

A Batalha de Bzura, também conhecida como Batalha de Kutno ou Batalha do Rio Bzura, foi um contra-ataque polonês em resposta à invasão de seu país. Embora as forças polonesas tenham sido completamente derrotadas, o ataque atrasou o avanço dos nazistas e deu algum tempo para o exército polonês organizar suas defesas.

BATALHA DE TOMASZOW LUBELSKI

| 17 A 20 DE SETEMBRO |

A Batalha de Tomaszow Lubelski foi a segunda maior batalha da campanha alemã na Polônia, resultando numa vitória alemã.

Kazimiera Mika, uma menina polonesa, chora pela morte de sua irmã mais velha, Anna, atingida em campo aberto durante um ataque aéreo alemão em Varsóvia.

Infantaria alemã em combate de rua durante a campanha polonesa.

WAGNER/ ARQUIVOS FEDERAIS ALEMÃES

Fuzilamento de civis poloneses por uma força-tarefa alemã.

WAGNER/ARQUIVOS FEDERAIS ALEMÃES

Prisioneiros de guerra assassinados pelos nazistas.

BATALHA DE VARSÓVIA

A Batalha de Varsóvia foi a maior batalha durante a invasão nazista na Polônia. Além das tropas alemãs e polonesas, uma pequena milícia de civis voluntários de Varsóvia tomou parte nos combates. A ocupação da Alemanha nazista durou até a libertação da cidade pelos Aliados, em 17 de janeiro de 1945.

O centro de Varsóvia em chamas, após ataque aéreo.

Sobrevivente do bombardeio de Varsóvia, fotografado por Julien Bryan.

Refugiados civis em Varsóvia.

Civis famintos tentam obter carne das carcaças de cavalos mortos.

Alto escalão nazista: Adolf Hitler, Walter von Reichenau, Erwin Rommel e Martin Bormann observando o cerco de Varsóvia.

Soldados alemães e soviéticos cumprimentam-se depois da invasão.

Batalha final na invasão da Polônia, travada na cidade que deu seu nome ao combate, concluiu a invasão alemã.

Tropas Panzer alemãs.

ARQUIVOS FEDERAIS ALEMÃES

KLIEM/ARQUIVOS FEDERAIS ALEMÃES

Cadáveres de soldados poloneses em uma vala na estrada.

OFENSIVA DE SARRE

A ofensiva foi uma operação terrestre francesa em Sarre, estado alemão, durante os primeiros estágios da Segunda Guerra Mundial. Embora 30 divisões do exército francês tenham avançado até a fronteira - e algumas tenham até ocupado poucas cidades e aldeias no estado alemão -, a invasão do país foi um fracasso. A vitória rápida na Polônia permitiu que a Alemanha reorganizasse seu exército nas fronteiras, interrompendo a ofensiva. As forças francesas se retiraram em meio a um contra-ataque alemão, em 17 de outubro.

Soldado francês na vila alemã de Lauterbach, em Saarland.

Novembro de 1939: membros da Força Expedicionária Britânica e da Força Aérea Francesa em frente a uma caixa etiquetada com o endereço do primeiro-ministro britânico.

1940

BATALHA DO ATLÂNTICO | 3 DE SETEMBRO DE 1939 A 8 DE MAIO DE 1945

A batalha foi um marco na Segunda Guerra Mundial. Travada entre as potências do Eixo e os Aliados, o confronto tinha como objetivo, por parte dos nazistas, bloquear as rotas marítimas Aliadas no Atlântico, buscando impedir a chegada de suprimentos ao Reino Unido e à União Soviética e também a chegada de tropas americanas no Teatro Europeu de Operações.

Cargas de profundidade detonam na popa do HMS Starling, responsável pelo afundamento de 14 U-boats durante a guerra.

Hedgehog: morteiro antissubmarino instalado na proa do destroier HMS Westcott.

Um submarino dispara contra navio mercante que se manteve à tona depois de ter sido torpedeado.

U-848 sob ataque de aviões aliados no Atlântico Sul (5 de novembro 1943).

A Marinha do Brasil na guerra antissubmarina do Atlântico Sul (1942).

MARINHA DO BRASIL

Marinheiros canadenses hasteiam a bandeira da Marinha Real em submarino alemão capturado em St. John, Terra Nova (1945).

EDWARD W. DINSMORE / CANADA DEPT. OF NATIONSAL DEFENCE

O Wake Island, navio de escolta da classe Casablanca.

A Batalha dos Países Baixos foi a invasão alemã da região dos Países Baixos que constituem a Bélgica, Luxemburgo e Holanda. A batalha aconteceu simultaneamente com a invasão da França, e terminou logo após o bombardeio de Roterdã pela Luftwaffe. Os Países Baixos permaneceram sob ocupação nazista até 1945.

O centro de Roterdã destruído após bombardeio.

Tropas alemãs nos Países Baixos em 10 de maio de 1940.

BATALHA DA BÉLGICA

Também conhecida como Campanha Belga ou Campanha dos 18 Dias, fez parte da Batalha da França. Com essa operação, a Alemanha derrotou e ocupou a Bélgica de acordo com o Plano Amarelo (Fall Gelb). Foram 18 dias de fortes combates e o exército Belga foi um grande adversário para as tropas alemãs. A derrota da Bélgica forçou a retirada dos Aliados do continente europeu.

Soldados belgas sob guarda dos alemães após a queda do Fort Eben-Emael (11 de maio de 1940).

RA BOE/WIKIPEDIA

Soldados alemães apreendem armas belgas em Bruges após a rendição.

V. HAUSEN/ ARQUIVOS FEDERAIS ALEMÃES

BATALHA DA FRANÇA | 10 DE MAIO A 25 DE JUNHO |

A Batalha da França, ou a Queda da França, foi resultado da operação de invasão nazista no território francês. Unidades blindadas alemãs flanquearam a Linha Maginot e derrotaram as tropas Aliadas. A Força Expedicionária Britânica foi evacuada de Dunquerque no que ficou conhecido como a Operação Dínamo, e muitas unidades francesas juntaram-se à Resistência ou passaram para o lado dos Aliados.

Homens do 1st Royal Welch Fusiliers (País de Gales) perto de Etaples (fevereiro 1940).

Refugiados de guerra em uma estrada francesa.

BATALHA DE DUNQUERQUE

Durante este confronto, uma grande força britânica e francesa ficou encurralada por uma divisão panzer alemã a nordeste da França, entre o canal costeiro de Calais. Mais de 300 mil soldados aliados foram evacuados por via marítima. Nesse momento que seria um dos mais marcantes da guerra, até mesmo embarcações civis foram utilizadas para retirar os soldados das praias de Dunquerque. Não fosse o fato de estarem separados do continente pelo mar, os países da Grã-Bretanha estariam comprometidos, e a guerra poderia ter tido outro resultado.

Um soldado britânico em Dunquerque dispara contra aviões alemães.

BATALHA DA GRÃ-BRETANHA

| 10 DE JULHO A 31 DE OUTUBRO |

Após da retirada das tropas britânicas de Dunquerque, Hitler iniciou uma série de bombardeios contra a Grã-Bretanha. Numa área maciça, a Força Aérea Alemã atacou bases da Real Força Aérea Britânica, a RAF. Por volta de setembro de 1940, os alemães acreditavam ter destruído completamente a RAF e começaram a Blitz, como se chamou a série de bombardeios sobre Londres. Contudo, os britânicos resistiram até os nazistas interromperem a Blitz, em maio de 1941.

Um piloto de Spitfire conta como ele derrubou um Messerschmitt (setembro de 1940).

Membros do Serviço de Combate ao Fogo de Londres: depois dos bombardeios, os incêndios se alastravam.

1941

OPERAÇÃO BARBAROSSA

A Operação Barbarossa foi o nome código da invasão nazista à União Soviética iniciada em 22 de junho de 1941. Ao longo da ação, cerca de quatro milhões de soldados do Eixo invadiram as fronterias soviéticas formando um front de 2,9 mil quilômetros – a maior força de invasão da História. Além do grande número de soldados, os alemães também empregaram nesse esforço 600 mil veículos e cerca de 700 mil cavalos. A operação foi motivada pelo desejo ideológico de Hitler de conquistar os territórios soviéticos, conforme ele havia estabelecido em seu livro *Mein Kampf*. A invasão marcou a rápida intensificação da guerra e resultou na coalizão da União Soviética com os países aliados. Muitos críticos afirmam que a Operação Barbarossa foi o maior erro de Hitler.

Soldados alemães armados com lança-chamas na União Soviética.

Crianças bielorrussas durante um ataque aéreo nazista (24 de junho de 1941).

Soldado alemão com um lança-chamas.

Os princípios de mobilidade e surpresa que caracterizaram a estratégia da Wehrmacht, chamada de Blitzkrieg, ainda prevalecem durante o verão e outono de 1941.

Soldado de infantaria alemã passa por um BT-5 em chamas e por um membro da tripulação morto na Ucrânia (junho 1941).

JOHANNES HÄHLE/ARQUIVOS FEDERAIS ALEMÃES

Aviões soviéticos sobrevoam posições alemãs perto de Moscou.

SAMARYI GURARYI/ARQUIVOS RIA NOVOSTI

BATALHA DE SMOLENSK | 6 DE JULHO A 5 DE AGOSTO |

Batalha pela cidade de Smolensk, a meio caminho de Moscou, concluindo a conquista da Bielorrússia. A operação terminou com vitória alemã.

Soldados do Exército Vermelho perto de Smolensk.

P. BERNSTEIN/ARQUIVOS RIA NOVOSTI

Soldados soviéticos lutando em Dorogobuzh (1 de setembro de 1941).

L. BAT/ARQUIVOS RIA NOVOSTI.

BATALHA DE KIEV | 23 DE AGOSTO A 26 DE SETEMBRO |

A Batalha de Kiev foi uma operação que lançou um grande cerco de tropas soviéticas nos arredores de Kiev. Foi o maior cerco de tropas na história, com quase toda a Frente Sudoeste do Exército Vermelho cercada pelos alemães – cerca de 665 mil soldados. No entanto, pequenos grupos de tropas do Exército Vermelho conseguiram escapar. A Batalha de Kiev foi uma derrota sem precedentes do Exército Vermelho.

Kiev após os bombardeios.

Uma das posições da Wehrmacht em Kiev, capturada no dia anterior.

SCHMIDT/ ARQUIVOS FEDERAIS ALEMÃES

BATALHA DE MOSCOU | 30 DE SEEMBRO DE 1941 A 20 DE ABRIL DE 1942 |

A Batalha de Moscou ocorreu ao longo de uma linha de combate de 600 quilômetros, entre outubro de 1941 e janeiro de 1942. O esforço defensivo soviético frustrou o ataque nazista à capital do país, um dos principais objetivos militares e políticos básicos das Forças do Eixo.

Dezembro de 1941: forças soviéticas recém-convocadas vão para a frente de Moscou.

OLEG IGNATOVICH/ ARQUIVOS RIA NOVOSTI

Com todos os homens no front, mulheres cavam trincheiras antitanque em torno de Moscou.

Selo mostra desfile das tropas soviéticas, na Praça Vermelha, em 7 de novembro de 1941.

SELO DE MARTYNOV / PINTURA DE K. F. YÚON

РЕТЬЯКОВСКАЯ ГАЛЕРЕЯ • МОСКВА • 1975

СССР

1 к

К. Ф. ЮОН • ПАРАД НА КРАСНОЙ ПЛОЩАДИ В МОСКВЕ 7 НОЯБРЯ 1941 ГОДА • 1949

ПОЧТА

ILYA KOPALIN

Adaptadas ao clima: membros do batalhão de esquiadores do Exército Vermelho, em Moscou.

Ninho de metralhadora soviético atacando a infantaria alemã perto de Tulum (em novembro de 1941).

ATAQUE A PEARL HARBOR

Até o final de 1941, apesar de não estarem em guerra, os Estados Unidos colaboravam fornecendo ajuda financeira e suprimentos no esforço contra o Eixo. Quando o Japão invadiu o norte da Indochina, os Estados Unidos boicotaram os japoneses, cortando suprimentos. Os japoneses não tinham alternativa a não ser lutar contra quem bloqueava seus planos de expansão. Em 7 de dezembro de 1941, uma força-tarefa japonesa atacou a Frota do Pacífico dos Estados Unidos, estacionada em Pearl Harbor, Havaí. O evento lançou os EUA na guerra.

Fotografia da Fila de batalha feita a partir da frota japonesa, no início do ataque; dois aviões japoneses podem ser vistos em pleno ataque.

Pearl Harbor, vista do lado sudoeste da base.

O USS Arizona explode.

Explosão do destroier USS Shaw, outro dos navios de guerra americanos que foram afundados no ataque.

Marinheiros resgatam sobrevivente do USS West Virginia, atingido por duas bombas aéreas e sete torpedos.

BATALHA DA TAILÂNDIA

Apesar da feroz resistência na região Sul do país, os japoneses levaram apenas um dia para invadir e ocupar a Tailândia.

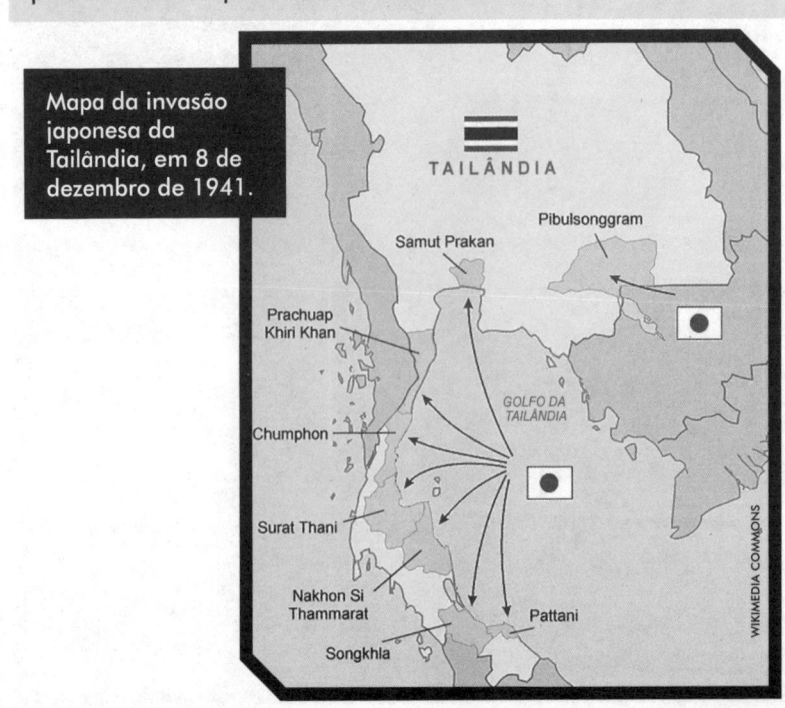

Mapa da invasão japonesa da Tailândia, em 8 de dezembro de 1941.

Também referida como a Queda de Hong Kong, foi uma das primeiras batalhas da Guerra do Pacífico, iniciada no mesmo dia do ataque à base naval dos Estados Unidos em Pearl Harbor. Hong Kong era, então, uma posse do Império Britânico. Como o Japão não havia declarado guerra contra os britânicos, o ataque violou o direito internacional. Menos de duas semanas depois do início das operações, com a posição na ilha insustentável, a colônia britânica se rendeu aos japoneses.

A artilharia japonesa em ação em Hong Kong.

Reforços canadenses em Hong Kong: batalhões de carabineiros (Rifle Battalion) conhecido como "C Force".

Os japoneses atravessam o rio Shenzhen, divisa entre Hong Kong.

Desfile da vitória japonesa em Hong Kong de 1941.

PRIMEIRA BATALHA DE GUAM

Travada durante a Guerra do Pacífico nas Ilhas Marianas, teve como resultado a derrota da guarnição americana na ilha por forças japonesas. Os japoneses ocuparam a base e lá permaneceram até a Segunda Batalha de Guam em 1944.

Um SB2U Vindicator em patrulha antissubmarina (27 de novembro de 1941).

Nativos da etnia chamorro na ilha ocupada pelos japoneses Saipan.

BATALHA DA ILHA WAKE

| 8 A 23 DE DEZEMBRO |

A Batalha da Ilha Wake foi uma invasão japonesa que aconteceu simultaneamente a outros ataques contra os Estados Unidos, inclusive o ataque a Pearl Harbor. O Japão assumiu o controle da ilha em 23 de dezembro, após duas semanas de luta, quando os americanos se renderam.

Carcaça do Wildcat 211-F-11, pilotado pelo capitão Henry T. Elrod no ataque que afundou o destroier japonês Kisaragi, em 8 de dezembro.

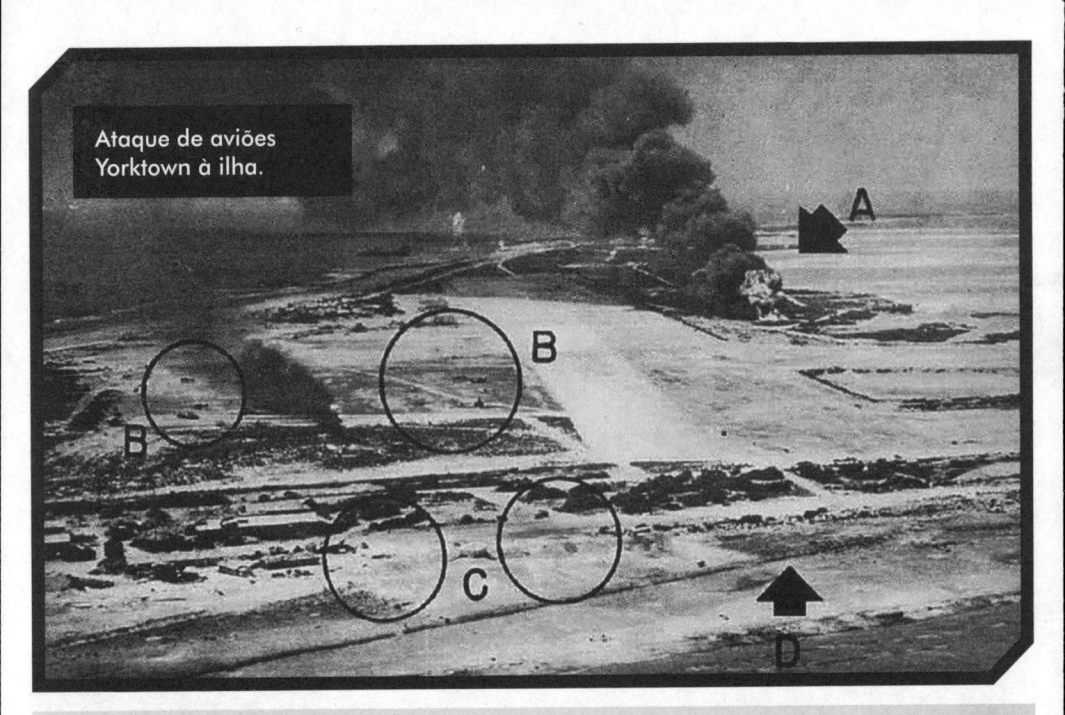

Ataque de aviões Yorktown à ilha.

CAMPANHA DA MALÁSIA | 8 DE DEZEMBRO DE 1941 A 31 DE JANEIRO DE 1942 |

A Campanha da Malásia foi o confronto das forças dos Aliados e do Eixo na Malásia britânica. As operações foram dominadas por batalhas terrestres, com pequenas escaramuças no início da ação. Para as forças britânicas, indianas, australianas e malaias que defenderam a colônia, a campanha foi um desastre total. A batalha é notável pelo uso de tropas ciclistas pelos japoneses, o que permitiu que os soldados transportassem mais equipamento e se movessem mais rapidamente através de terrenos de mata fechada.

Engenheiros da Royal Engineers preparando-se para explodir uma ponte perto de Kuala Lumpur durante a retirada.

1942

BATALHA DE SINGAPURA

A Batalha de Singapura foi, na verdade, um cerco a essa cidade-Estado insular. Durante quase duas semanas, os sitiados resistiram como puderam aos ataques dos japoneses, procurando sabotar e destruir as principais estruturas que os inimigos pudessem aproveitar e, por fim, renderam-se.

O comandante Yamashita (sentado ao centro) bate na mesa com o punho para enfatizar seus termos – rendição incondicional. O líder britânico, Percival, entre seus oficiais, leva a mão fechada à boca.

Soldados japoneses fuzilando prisioneiros indianos da religião sikh com os olhos vendados.

Nessa batalha, ocorrida no início da Guerra do Pacífico, os Aliados sofreram uma grande derrota ao largo das costas da Indonésia e da Nova Guiné, em 27 de fevereiro e que, nos dias que se seguiram, se desfez em batalhas menores, como a Batalha do Estreito de Sonda, o que fez desta a maior batalha naval de superfície ocorrida até então desde a Primeira Guerra Mundial.

Avião japonês atacando o navio holandês Java, durante a Batalha do Mar de Java.

O cruzador japonês Haguro que afundou o HNLMS De Ruyter, matando o almirante Karel Doorman.

BATALHA DO ESTREITO DE BADUNG
| NOITE DE 19 E MADRUGADA DE 20 DE FEVEREIRO |

A Batalha do Estreito de Badung foi travada por navios Aliados e pela Marinha Imperial Japonesa. O confronto demonstrou a considerável superioridade da marinha japonesa.

O HNLMS Ruyter, pouco antes de ser afundado na Batalha do Mar de Java. O Ruyter foi afundado posteriormente, perdendo 344 homens de sua tripulação.

O HNLMS Piet Hein, afundado durante o confronto.

BATALHA DE JAVA | 8 DE FEVEREIRO A 12 DE MARÇO |

Também chamada de Invasão de Java, a batalha ocorreu nessa ilha entre o Império do Japão e os Aliados. Ao final do confronto, uma rendição final foi assinada pelos comandantes Aliados.

Bombardeiros Glenn Martin holandês no campo de pouso Andir, em Bandung.

BATALHA DO CORREGIDOR | 5 E 6 DE MAIO |

A Batalha do Corregidor foi o ponto culminante da campanha militar do Japão, garantindo ao país a conquista das Filipinas. Com a queda de Bataan, o forte da Ilha de Corregidor, localizada na entrada da Baía de Manila, capital das Filipinas, foi o último bastião da defesa Aliada contra a invasão japonesa do país. Porém, as defesas Aliadas não resistiram e a batalha tornou-se uma das piores derrotas militares do EUA.

Pôster da campanha americana para resgatar enfermeiras prisioneiras em Corregidor; o soldado japonês é retratado com feições caricatas.

CONQUISTA JAPONESA DA BIRMÂNIA

A conquista japonesa da Birmânia foi um capítulo da Campanha do Sudeste Asiático que se estendeu ao longo de quatro anos, entre 1942 e 1945. Durante o primeiro ano da campanha, o exército japonês expulsou os britânicos e forças chinesas da Birmânia, ocupando o país e estabelecendo um governo administrativo birmanês nominalmente independente.

O 15º Exército na fronteira da Birmânia.

Instalações elétricas e petrolíferas em Yenangyaung sendo destruídas como parte da política de "terra queimada", em face do avanço japonês.

Poços de petróleo perto de Yenangyaung.

Tropas da 55ª Divisão japonesas em Pegu.

O líder chinês Chiang Kai-sheks com General Stilwell em Maymyo.

General Joseph Stilwell, sua equipe e uma escolta menor ao atravessar um rio durante a retirada para a Índia britânica, no início de maio de 1942.

BATALHA DE MIDWAY

Em junho de 1942, os japoneses tentaram invadir o Havaí, mas o plano foi interceptado pelos americanos que destruíram grande parte da frota nipônica na Batalha de Midway, considerada o confronto naval mais importante da Guerra do Pacífico. Após essa vitória, os americanos buscaram recapturar diversas ilhas no Pacífico.

Um porta-aviões japonês manobra para evitar bombas lançadas por bombardeiros Boeing B-17.

O marinheiro George Gay (à direita), único sobrevivente do esquadrão TBD Devastator.

Yorktown no momento do impacto de um torpedo de um B5N Nakajima.

O porta-aviões Hiryu pouco antes de afundar.

O Mikuma pouco antes de afundar.

Sobreviventes do Hiryu.

BATALHA DE EL ALAMEIN

A Primeira Batalha de El Alamein foi travada pelas forças nazistas comandadas pelo general Erwin Rommel e pelas forças britânicas comandadas por Claude Auchinleck. O confronto foi concluído com a primeira importante vitória dos Aliados na África.

O exército britânico na África do Norte: infantaria numa posição defensiva perto de El Alamein.

O Afrika Korps em movimento, com um carro blindado Sd.Kfz. 232 à frente.

Rommel na África em junho de 1942.

ARQUIVOS FEDERAIS ALEMÃES

A Artilharia Real Australiana em El Alamein (12 de julho de 1942).

A Divisão Panzer II do Afrika Korps.

Marechal de Campo Erwin Rommel, com seus auxiliares durante a campanha do deserto.

Um soldado inspeciona um tanque italiano M13/40 atingido perto de El Alamein.

A Royal Artillery em ação.

| 23 DE OUTUBRO A 11 DE NOVEMBRO |

A segunda Batalha de El Alamein foi o início da derrota das forças do Eixo na África do Norte. Após a vitória britânica em El Alamein, o primeiro-ministro Winston Churchill afirmou que "este não é o fim, não é nem o começo do fim, mas é, talvez, o fim do começo". Após a guerra, Churchill escreveu: "Antes de Alamein nunca tivemos uma vitória, depois de Alamein, nunca tivemos uma derrota".

Infantaria britânica avança através da poeira e fumaça da batalha.

Erwin Rommel (à esquerda) no comando das operações nazistas.

ERNST A. ZWILLING/ARQUIVOS FEDERAIS ALEMÃES

Barragem da artilharia britânica na abertura da segunda batalha de El Alamein.

Uma mina explode perto de um caminhão da artilharia britânica num campo minado.

Tanques britânicos avançam depois de a infantaria ter aberto lacunas no campo minado inimigo em El Alamein (24 de outubro de 1942).

Um soldado britânico faz gesto obsceno para prisioneiros alemães capturados em El Alamein (26 de outubro de 1942).

Tanques de 8ª Brigada Blindada à espera para entrar em batalha (27 de outubro de 1942).

Prisioneiros alemães.

Um canhão alemão de
88 milímetros abandonado
perto da estrada da costa,
a oeste de El Alamein
(7 de novembro de 1942).

BATALHA DE SEBASTOPOL | 30 DE OUTUBTO DE 1941 A 4 DE JULHO DE 1942

O Cerco de Sebastopol resultou do objetivo da Wehrmacht de controlar a base de Sebastopol, no Mar Negro. Os alemães, comandados por Erich von Manstein, venceram a batalha.

Motoscafo Armato
Silurante (MAS),
barco camuflado
da Marinha italiana.

Exercício de treinamento de torpedo no Mar Negro.

O porto de Sebastopol após a batalha.

Restos de equipamento da artilharia naval soviética destruída.

HORST GRUND/ ARQUIVOS FEDERAIS ALEMÃES

O Heinkel He 111 da Força Aérea alemã.

O porto de Sebastopol na época da guerra.

HORST GRUND/ARQUIVOS FEDERAIS ALEMÃES

CAMPANHA DE KOKODA | 21 DE JULHO A 6 DE NOVEMBRO |

A Campanha da Trilha de Kokoda consistiu em uma série de batalhas no período de julho a novembro de 1942 entre tropas japonesas e Aliadas e, principalmente, forças australianas no então território australiano da Papua.

Soldados australianos do 39º Batalhão (setembro de 1942).

O genral americano MacArthur com o general Sir Thomas Blamey e o primeiro-ministro Curtin em conferência sobre as operações da campanha.

Carregadores nativos conhecidos como "Fuzzy Wuzzy Angels" transportam um soldado australiano ferido em uma maca através da selva tropical (30 de agosto de 1942).

Membros do 39° Batalhão em retirada após a Batalha de Isurava.

Comandantes aliados na Nova Guiné em outubro de 1942. Da esquerda para a direita: Sr. Frank Forde (ministro australiano para o exército); general Douglas MacArthur; general Sir Thomas Blamey; tenente-general George C. Kenney; tenente-general Edmund Herring; brigadeiro general Kenneth Walker.

Um soldado australiano inspeciona munição da artilharia japonesa abandonada em Ioribaiwa.

Um avião de transporte C-47 lançando suprimentos para a 25º Brigada australiana perto da vila de Nauru (outubro de 1942).

BATALHA DE GUADALCANAL | AGOSTO DE 1942 A FEVEREIRO DE 1943

A Batalha de Guadalcanal, ou Campanha de Guadalcanal, foi travada em terra, ar e mar por americanos, australianos e japoneses na ilha de Guadalcanal, no arquipélago das Ilhas Salomão. Foi a primeira grande ofensiva realizada pelos Aliados na Guerra do Pacífico após o ataque a Pearl Harbor e à Batalha de Midway e a primeira vitória Aliada em terra na Guerra do Pacífico.

O aeroporto em Lunga Point em Guadalcanal, construído pelos japoneses com trabalhadores coreanos.

Fuzileiros navais americanos desembarcam em Guadalcanal (7 de agosto de 1942).

Soldados japoneses mortos em Guadalcanal após a Batalha do Tenaru.

O USS Enterprise (CV-6), sob ataque aéreo durante combate nas Ilhas Salomão.

Tropas japonesas embarcam na "Tokyo Express" para Guadalcanal.

Tenente-coronel Merritt A. Edson que liderou forças da Marinha na Batalha do Cume de Edson.

Uma patrulha da Marinha americana atravessa o rio Matanikau, em setembro de 1942.

Comandantes aliados reunidos em Guadalcanal, em agosto de 1943, para planejar a próxima ofensiva aliada contra os japoneses nas Ilhas Salomão como parte da Operação Cartwheel.

BATALHA DO STALINGRADO
| 17 DE JULHO DE 1942 A 2 DE FEVEREIRO DE 1943 |

Na primavera de 1942, Hitler ordenou o cerco a Stalingrado, um dos momentos mais dramáticos da guerra. A batalha foi marcada pela extrema brutalidade e desrespeito às perdas militares e civis de ambos os lados, a ofensiva alemã sobre a cidade de Stalingrado, o combate dentro da cidade e a contraofensiva soviética que destruiu todo o 6º Exército alemão e outras forças do Eixo. No início de 1943, os soviéticos venceram a Batalha de Stalingrado, e a Alemanha nazista começava a desmoronar.

HERBER / ARQUIVOS FEDERAIS ALEMÃES

Infantaria em ataque ao centro da cidade.

Um Oberleutnant Alemão (1º tenente) com uma metralhadora soviética PPSh-41.

ARQUIVOS FEDERAIS ALEMÃES

Soviéticos preparam-se para repelir um ataque alemão nos subúrbios de Stalingrado.

Um Junkers Ju 87 Stuka sobrevoa Stalingrado.

Soldados soviéticos atacam uma casa (fevereiro de 1943).

ZELMA/ ARQUIVOS RIA NOVOSTI

Soldados alemães feitos prisioneiros de guerra.

Um soldado do Exército Vermelho leva um prisioneiro alemão.

ARQUIVOS FEDERAIS ALEMÃES

OPERAÇÃO TOCHA

Entre os dias 8 e 10 de novembro de 1942, com o apoio dos americanos, os Aliados lançaram a Operação Tocha, que tinha como objetivo combater forças da República de Vichy, que mudaram de lado passando a auxiliar os Aliados, os quais cercaram as forças do Eixo no norte da Tunísia e forçaram a rendição. Desse modo, a Operação Tocha cumpriu seus objetivos de assegurar a vitória no norte da África e introduzir as forças armadas americanas na luta contra os nazistas. A operação abriu uma segunda frente de batalha que obrigou o Exército alemão a deslocar tropas do front soviético, dando oportunidade aos soviéticos de se reorganizarem. A vitória dos Aliados no norte da África levou à realização da Campanha Italiana, que culminou com a queda do governo fascista no país e a eliminação de um importante aliado dos alemães.

As tropas norte-americanas desembarcam perto de Argel, Argélia.

O USS Lakehurst (anteriormente Seatrain New Jersey), depois de descarregar tanques médios em Safi, Marrocos, para a Operação Tocha.

Um carregamento de Supermarine Spitfires em apenas 11 dias pela RAF em Gibraltar decola para o Norte da África.

Hangar e aviões italianos destruídos no aeroporto Castel Benito, em Trípoli.

Tropas de desembarque americanas no norte de África.

Tanques britânicos no porto de Trípoli.

Tropas britânicas e americanas na costa perto da cidade de Argel.

Também chamada de Terceira e Quarta Batalha da Ilha de Savo, a Batalha de Solomons e Batalha de Sexta-Feira 13 foi palco da morte de dois almirantes da Marinha Americana, os únicos serem vitimados em um engajamento durante a guerra.

No início de novembro de 1942, os japoneses organizaram um comboio de transporte para levar sete mil soldados para Guadalcanal, para tentar mais uma vez a retomada da base aérea. Na batalha, ambos os lados perderam vários navios. Aviões Aliados também afundaram a maior parte dos transportes de tropas japonesas e impediram a maioria das tropas e equipamentos de alcançar Guadalcanal. A batalha foi uma vitória estratégica para os EUA e os Aliados.

A maior parta da batalha teve lugar na área entre Savo Island (centro) e Guadalcanal (esquerda).

Vista-aérea do Campo Henderson em Guadalcanal, no final de agosto de 1942.

Portland passando por reparos na doca seca em Sydney, Austrália, um mês após a batalha.

Os canhões do USS Washington disparam sobre Kirishima durante a batalha, em 15 de novembro.

O Kinugawa Maru, um dos quatro transportes japoneses encalhados e destruídos em Guadalcanal, em 15 de novembro de 1942, fotografado um ano depois.

Destroços do navio japonês Maru Yamazuki em uma praia, na ilha de Guadalcanal.

1943

LEVANTE DO GUETO DE VARSÓVIA

O Levante do Gueto de Varsóvia foi um ato de resistência no Gueto de Varsóvia, na Polônia. Com o envio de 300 mil das 380 mil pessoas no gueto para o campo de extermínio de Treblinka, onde foram assassinadas imediatamente após a sua chegada, o restante dos habitantes do gueto sabia o que os esperava e muitos deles preferiam morrer lutando. A revolta foi esmagada pelo Gruppenführer da SS, Jürgen Stroop.

Judeus sendo retirados à força de seus abrigos, no gueto de Varsóvia.

Gueto de Varsóvia. Esta seção da rua ligava o "pequeno" e o "grande gueto".

Mulheres judias de resistência, entre elas, Malka Zdrojewicz (à direita), que sobreviveu ao campo de extermínio de Majdanek.

No cartaz publicado pela organização de resistência sionista lê-se: "Todas as pessoas são iguais; marrons, brancos, pretos e amarelos. Separar povos, cores, raças é mais um ato de trapaça!".

O líder da grande operação, o Brigadeführer da SS, Jürgen Stroop.

Askaris ou Trawnikis, atiradores treinados em campos de concentração examinam os corpos de judeus mortos na repressão da revolta.

Judeus capturados são levados pelas tropas alemãs para serem deportados.

Uma patrulha da SS na rua Nowolipie, no interior do gueto.

Destruição de um bloco de habitação.

Incêndios no gueto vistos a partir do distrito de Żoliborz.

Um homem salta para a morte de uma janela para evitar ser capturado.

Área do Gueto de Varsóvia depois da guerra.

INVASÃO ALIADA DA SICÍLIA

A Operação Husky, a invasão da Sicília pelos Aliados, foi uma campanha bem-sucedida na qual as potências ocidentais tomaram esta importante ilha no Mediterrâneo. Foi a primeira etapa da invasão da Itália. A campanha contou com uma grande operação naval e o lançamento de tropas paraquedistas, seguida de seis semanas de intensos combates em solo. A deterioração da resistência armada italiana levou, entre outros motivos, a revolta dos italianos e a queda de seu ditador, Benito Mussolini.

Durante a invasão aliada da Sicília, o navio Liberdade Robert Rowan (K-40) explode após ser atingido por um bombardeiro alemão Ju 88.

Os líderes aliados da campanha: o general Eisenhower (primeiro à esquerda) se encontra no norte da África com (em primeiro plano, da esquerda para a direita) o marechal do ar Sir Arthur Tedder, general Sir Harold RLG Alexander, o almirante Sir Andrew B. Cunningham, e (na fileira de cima): Sr. Harold Macmillan, Major General W. Bedell Smith, e oficiais britânicos não identificados.

ARQUIVOS FEDERAIS ALEMÃES

Erwin Rommel
(à esquerda).

Tropas da 51ª divisão
de infantaria britânica
descarregando no dia da
invasão aliada da Sicília,
em 10 de julho de 1943.

Invasão da Sicília. Os ocupantes do tanque Eternity verificam o veículo após chegarem a Red Beach.

Destroços de trem blindado italiano, destruído pelo USS Bristol ao buscar impedir o desembarque em Licata.

Dois soldados britânicos do 6º Batalhão, Durham Light Infantry, parte da 50ª Divisão britânica, com um paraquedista americano do 505º Regimento de Infantaria, parte da 82ª Divisão Aerotransportada dos EUA.

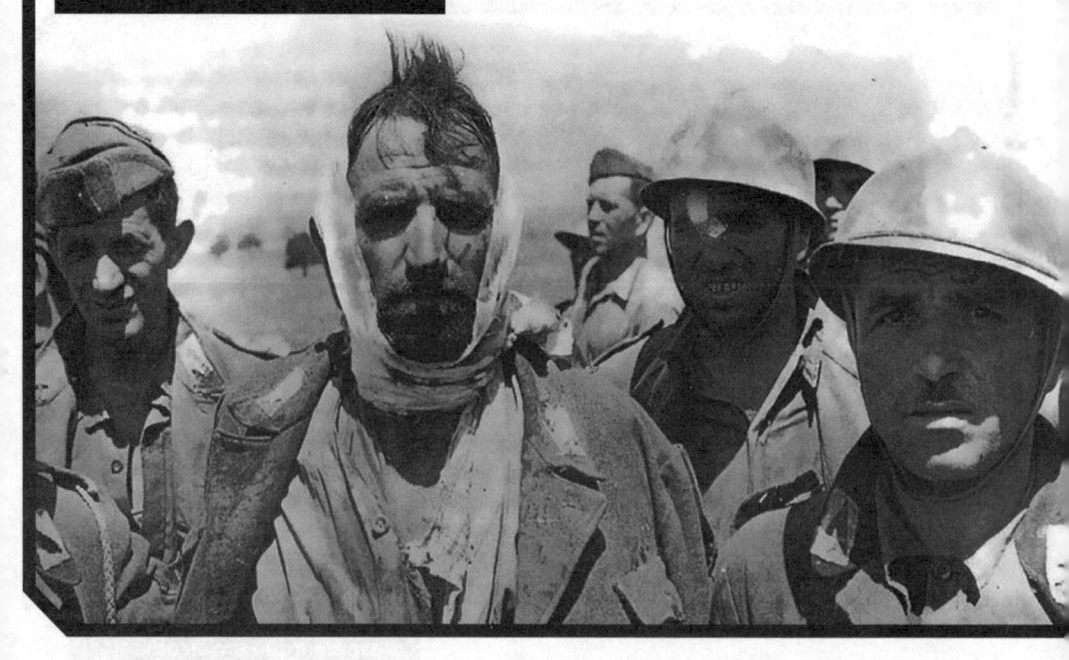

Prisioneiros de guerra italianos.

Os canadenses na Sicília: tropas do Loyal Edmonton Regiment, parte da 1ª Divisão canadense.

Um tanque Sherman supera o terreno acidentado da Sicília em meados de julho de 1943.

Soldado americano
ferido recebendo
plasma sanguíneo
(9 de agosto de 1943).

Soldados americanos
observam um piloto
alemão morto e seu
avião destruído perto
de Gela (12 de julho
de 1943).

INVASÃO ALIADA DA ITÁLIA

A Invasão da Itália pelos Aliados foi um grande desembarque na costa italiana que ocorreu em 3 de setembro de 1943 por soldados do 15° Grupo de Exército comandados pelo General Harold Alexander, que continha as unidades do 5° Exército Americano do general Mark Clark e do 8° Exército Britânico do general Bernard Montgomery. A operação foi feita logo após a bem-sucedida invasão da Sicília durante a Campanha da Itália. As principais forças desembarcaram em Salerno na chamada Operação Avalanche, enquanto forças adicionais desembarcavam em Calábria e em Tarento. Uma feroz luta se seguiu por 13 dias e, apesar dos intensos e determinados contra-ataques alemães, os Aliados conquistaram seus objetivos e seguiram sua invasão do restante da Itália de Mussolini.

Artilharia sendo desembarcada durante a invasão da Itália em Salerno, em setembro de 1943.

Homens do 2° Regimento de Northamptonshire esperam para embarcar na Sicília, para a invasão da Itália, em 2 de setembro de 1943.

O tenente-general Mark Clark a bordo de USS Ancon durante o desembarque em Salerno, Itália, 12 de setembro de 1943.

O desembarcadouro de tanques da Marinha dos EUA descarrega um jipe do exército em uma praia italiana. Esta foto pode ter sido tirada em um dos desembarques de Salerno, em setembro de 1943.

Tropas do Regimento Real da Rainha avançam para além de um tanque alemão na área de Salerno, em 22 de setembro de 1943.

Uma arma antitanque alemã em posição na área de Salerno.

Albert Kesselring, comandante das forças alemãs na Itália.

ARQUIVOS FEDERAIS ALEMÃES

As tropas britânicas entram na cidade de Salerno, em 10 de setembro de 1943.

Subindo em Prato, na Itália, homens do 370º Regimento de Infantaria precisam escalar a montanha que está à frente, em 9 de abril de 1945. Regimento 370 US avançando através de Prato.

SEGUNDA BATALHA DE SMOLENSK | 7 DE AGOSTO A 8 DE OUTUBRO |

A Segunda Batalha de Smolensk foi uma operação ofensiva estratégica soviética conduzida pelo Exército Vermelho, como parte da campanha de verão-outono de 1943. A batalha de Smolensk foi decisiva, embora tenha conseguido avançar apenas 250 quilômetros. Com a vitória, a União Soviética conseguiu afastar os nazistas de Moscou, cortando um front alemão ao meio, o que ajudou na batalha pela travessia do Dneiper, uma vez que as tropas inimigas estavam divididas. Com essa conquista, os soviéticos viram pela primeira vez os crimes de guerra e a destruição local causadas pelos nazistas.

Veículo russo com lançadores de fumaça, em agosto de 1943.

A Segunda Batalha de Kiev, também conhecida como Batalha do Dnieper, consistiu em três operações estratégicas: duas ofensivas e uma defensiva do Exército Vermelho, além de um contra-ataque operacional da Wehrmacht, que ocorreu logo após a fracassada ofensiva alemã em Kursk.

Panzer alemão passa por Zhitomir, em novembro de 1943.

Kiev é libertada pelos nazistas. A infantaria soviética marchando pela rua principal, Kreschatik, em novembro de 1943.

ARKADI SHAIKHET

Soldados soviéticos preparam jangadas antes de atravessarem o rio Dniepre, na União Soviética, em 1943 (a placa diz "Para Kiev!").

Tanques soviéticos durante a ofensiva de Kiev, em novembro 1943.

Moeda comemorativa à libertação de Kiev, emitida pelo Banco Central da Rússia, por ocasião do seu 50º aniversário.

BATALHA DE TARAWA 20 A 23 DE NOVEMBRO

A Batalha de Tarawa ou de Tarava aconteceu durante a Guerra do Pacífico em novembro de 1943. Foi a segunda grande ação ofensiva terrestre dos Estados Unidos na guerra – após a Batalha de Guadalcanal e a subsequente retomada das Ilhas Salomão – e a primeira na região central do Oceano Pacífico.

Como todas as batalhas travadas no Pacífico até então, os americanos enfrentaram uma grande resistência japonesa. Os 4.500 japoneses entrincheirados no atol, bem armados e preparados, lutaram praticamente até o último homem, causando mais de 3.100 baixas aos americanos, o maior número de baixas proporcionalmente ao total de soldados envolvidos, de toda a guerra.

Fuzileiros navais atacam Tarawa.

Fuzileiros navais procurando abrigo entre mortos e feridos por trás da parede do mar da Praia Vermelha, em Tarawa.

Posto de comando coronel David Shoup na Praia Vermelha.

Um fuzileiro naval ateia fogo em uma casamata japonesa.

Lança-chamas ateando fogo em um forte inimigo, em Tarawa.

LVTS norte-americanas e um tanque leve japonês tipo 95, em Tarawa, após a batalha.

Prisioneiros de guerra japoneses.

Capacetes vazios e obuses de artilharia usados para marcar as sepulturas dos fuzileiros navais mortos em Tarawa.

Aeronaves de longo alcance em Hawkins Field, na ilha de Betio.

Dois fuzileiros imperiais japoneses que cometeram suicídio em vez de se renderem aos fuzileiros navais dos EUA, nas Ilhas Gilbert, Tarawa.

BATALHA DE MAKIN

A Batalha de Makin foi uma batalha travada entre o Exército dos Estados Unidos e as forças do Exército Imperial Japonês como parte da Guerra do Pacífico durante a Segunda Guerra Mundial, no Atol de Makin, nas Ilhas Gilbert. A ocupação completa de Makin demorou quatro dias e custou mais vidas para a Marinha do que para o pessoal em terra. Apesar da superioridade em homens e armas, a 27ª Divisão teve várias dificuldades em submeter os defensores da ilha. Um tanque japonês Ha-Go foi destruído em combate e os outros dois tanques foram abandonados sem terem disparado um tiro.

Em comparação com os 395 japoneses mortos em ação, as tropas americanas em terra sofreram 218 baixas (66 mortos e 152 feridos). As perdas da Marinha foram bem maiores: 644 mortos no Liscome Bay, 43 mortos em um incêndio no Couraçado USS Mississippi, e houve outros 10 mortos entre o pessoal de desembarque e aviadores, totalizando 697 mortes no mar para os EUA. Apesar disso, o total de 763 americanos mortos nem se aproxima do total de perdas sofridas pelos japoneses, que tiveram sua guarnição na ilha completamente aniquilada.

Tropas norte-americanas lutam na costa da praia amarela, no atol de Butaritari, após um bombardeio de artilharia naval.

Tanque atolado em uma cratera aberta por obuses detém o avanço dos soldados à estreita calçada ao norte do lago Jill.

Dois tanques M3 atirando contra posições japonesas.

Desembarque americano em Makin.

Abrigo japonês no atol de Makin.

1944

BATALHA DE MONTE CASSINO |17 DE JANEIRO A 19 DE MAIO|

A Batalha de Monte Cassino, também conhecida como a Batalha de Roma ou Batalha de Cassino, foi uma série de quatro duras batalhas travadas pelos Aliados e o Eixo com a intenção de romper a Linha de Inverno e conquistar Roma. Depois de milhares de mortos e feridos e da destruição de um dos pilares do mundo cristão ocidental, os Aliados tinham Roma no "horizonte" e o centro da Itália na mira.

Engenheiros Reais da 46ª Divisão de Infantaria britânica atravessam o rio Garigliano, em 19 de janeiro de 1944.

Mesmo sob ataques de granadas, tripulação do tanque alemão trabalha arduamente para colocar o tanque danificado de volta na estrada.

ENZ/ ARQUIVOS FEDERAIS ALEMÃES

Soldados dos EUA com uma arma anti-tanque de 57 milímetros M1 lutando perto de Monte Cassino durante o ataque inicial.

Monte Cassino em ruínas.

WITTKE/ARQUIVOS FEDERAIS ALEMÃES

Prisioneiros alemães capturados por tropas da Nova Zelândia.

ARQUIVOS FEDERAIS ALEMÃES

BATALHA DE MONTE CASTELLO |17 DE JANEIRO A 19 DE MAIO|

A Batalha de Monte Castelo (ou Monte Castello) foi travada ao final da Segunda Guerra Mundial, entre as tropas Aliadas e as forças do Exército Alemão, que tentavam conter o seu avanço no Norte da Itália. Esta batalha marcou a presença da Força Expedicionária Brasileira (FEB) no conflito. A batalha arrastou-se por três meses, de 24 de novembro de 1944 a 21 de fevereiro de 1945, durante os quais foram efetuados seis ataques, com grande número de baixas brasileiras. Mas quatro dos ataques não tiveram êxito, por falhas de estratégia.

FORÇA EXPEDICIONÁRIA BRASILEIRA

Soldados brasileiros cumprimentam civis italianos na cidade de Massarosa, em setembro 1944.

DURVAL JR.

O general alemão Otto Fretter-Pico, comandante da Divisão de Infantaria 148, e o italiano General Mario Carloni, em 28 de abril de 1945.

1º GAVCA P-47 com o emblema "Senta a Pua!", da Força Aérea Brasileira.

Emblema do esquadrão brasileiro de combatentes.

Uma companhia do III Batalhão do 11º Regimento da Força Expedicionária Brasileira na Itália.

DURVAL JR.

BATALHA DA NORMANDIA

Operação Overlord foi o codinome para a Batalha da Normandia, uma operação Aliada que iniciou a invasão bem-sucedida da Europa Ocidental ocupada pelos alemães durante a Segunda Guerra Mundial. A operação teve início em 6 de junho de 1944, com os desembarques da Normandia (Operação Netuno, também conhecido como Dia-D). Um ataque aéreo de mil e duzentos aviões precedeu um desembarque anfíbio, envolvendo mais de cinco mil embarcações. Cerca de 160 mil homens cruzaram o Canal da Mancha em 6 de junho, e com isso mais de três milhões de Aliados estavam na França até o final de agosto. A decisão de realizar uma invasão cruzando o canal em 1944 foi tomada na Conferência Trident, em Washington, D.C., em maio de 1943. O general Dwight D. Eisenhower foi nomeado comandante do Quartel-General Supremo das Forças Expedicionárias Aliadas (SHAEF), e o general Bernard Montgomery foi nomeado comandante do 21° Grupo de Exército Britânico, que compreendia todas as forças terrestres envolvidas na invasão. A costa da Normandia foi escolhida como o local da invasão, com os americanos designados a desembarcar nas praias Utah e Omaha, os britânicos em Sword e Gold, e os canadenses em Juno. Para satisfazer as condições esperadas, uma tecnologia especial foi desenvolvida, incluindo dois portos artificiais chamados de portos Mulberry e uma série de tanques especializados apelidados de Hobart's Funnies. Nos meses que antecederam a invasão, os Aliados realizaram uma operação militar falsa, a Operação Bodyguard, usando desinformação eletrônica e visual. Esta operação falsa enganou os alemães quanto à data e a localização dos principais pontos de desembarque dos Aliados. Adolf Hitler nomeou o marechal-de-campo Erwin Rommel responsável pelo desenvolvimento de fortificações ao longo da Muralha do Atlântico, em antecipação a uma invasão.

Os Aliados não conseguiram alcançar seus objetivos para o primeiro dia, mas ganharam uma posição tênue que gradualmente foi expandida capturando o porto de Cherbourg em 26 de junho e a cidade de Caen em 21 de julho. Um contra-ataque pelas forças alemãs fracassou em 8 de agosto levando 50 mil soldados do 7° Exército alemão a serem capturados na Batalha do Bolso de Falaise. Os Aliados iniciaram uma invasão ao sul da França (Operação Dragão) em 15 de agosto, em seguida, a Libertação de Paris em 25 de agosto. As forças alemãs recuaram para o outro lado do Sena, em 30 de agosto de 1944. marcando o fim da Operação Overlord.

O desembarque de navios de carga colocando-se em terra na praia de Omaha, na maré baixa durante os primeiros dias da operação, em meados de junho de 1944. Entre os navios identificáveis estão: LST-532 (no centro da vista); USS LST-262 (3° LST da direita); USS LST-310 (2° LST da direita); USS LST-533 (parcialmente visível na extrema direita); e USS LST-524.

Exercício de treinamento com munição real.

O Exército Britânico no Reino Unido, durante a preparação para a operação Tonga, parte da invasão aérea da Normandia.

Soldados da Legião "Índia Livre", aguardam na Muralha do Atlântico, na França, em 21 de março de 1944.

Obstáculos de aço antitanque na praia. Pas de Calais, 18 de abril de 1944.

Desbravadores britânicos sincronizam seus relógios na frente de uma Armstrong Whitworth Albemarle.

Soldados norte-americanos, parte da 1ª Divisão de Infantaria dos EUA, deixando um barco em Omaha.

O HOLOCAUSTO

O termo "Holocausto", que em grego significa uma oferenda sacrifical, designa, na sua forma capitalizada, a tentativa de extermínio de grupos considerados indesejados pelos nazistas durante o Terceiro Reich. As vítimas foram principalmente os judeus, mas também comunistas, homossexuais, ciganos, deficientes físicos e mentais, prisioneiros de guerra soviéticos, membros da elite intelectual polonesa, soviética e de outros grupos eslavos, ativistas políticos, testemunhas de Jeová, alguns sacerdotes católicos e protestantes, sindicalistas, pacientes psiquiátricos e criminosos de delito comum. Todos eles pereceram lado a lado nos campos de concentração e de extermínio.

Campo de concentração de Auschwitz-Birkenau, onde mais de um milhão de pessoas foram assassinadas.

Cova coletiva de judeus em Zolochiv, Ucrânia.

Corpos de prisioneiros executados no campo de extermínio de Buchenwald.

Identidade prisional de uma adolescente polonesa de 14 anos enviada para o campo de Auschwitz para realizar trabalhos forçados em dezembro de 1942.

Soldados da SS ao lado de corpos de judeus que se suicidaram para não serem capturados com vida (Gueto de Varsóvia, 1943).

Corpos de prisioneiros empilhados nos arredores do campo de Belsen (c. 1945).

Milhares de alianças de ouro retiradas das vítimas do Holocausto.

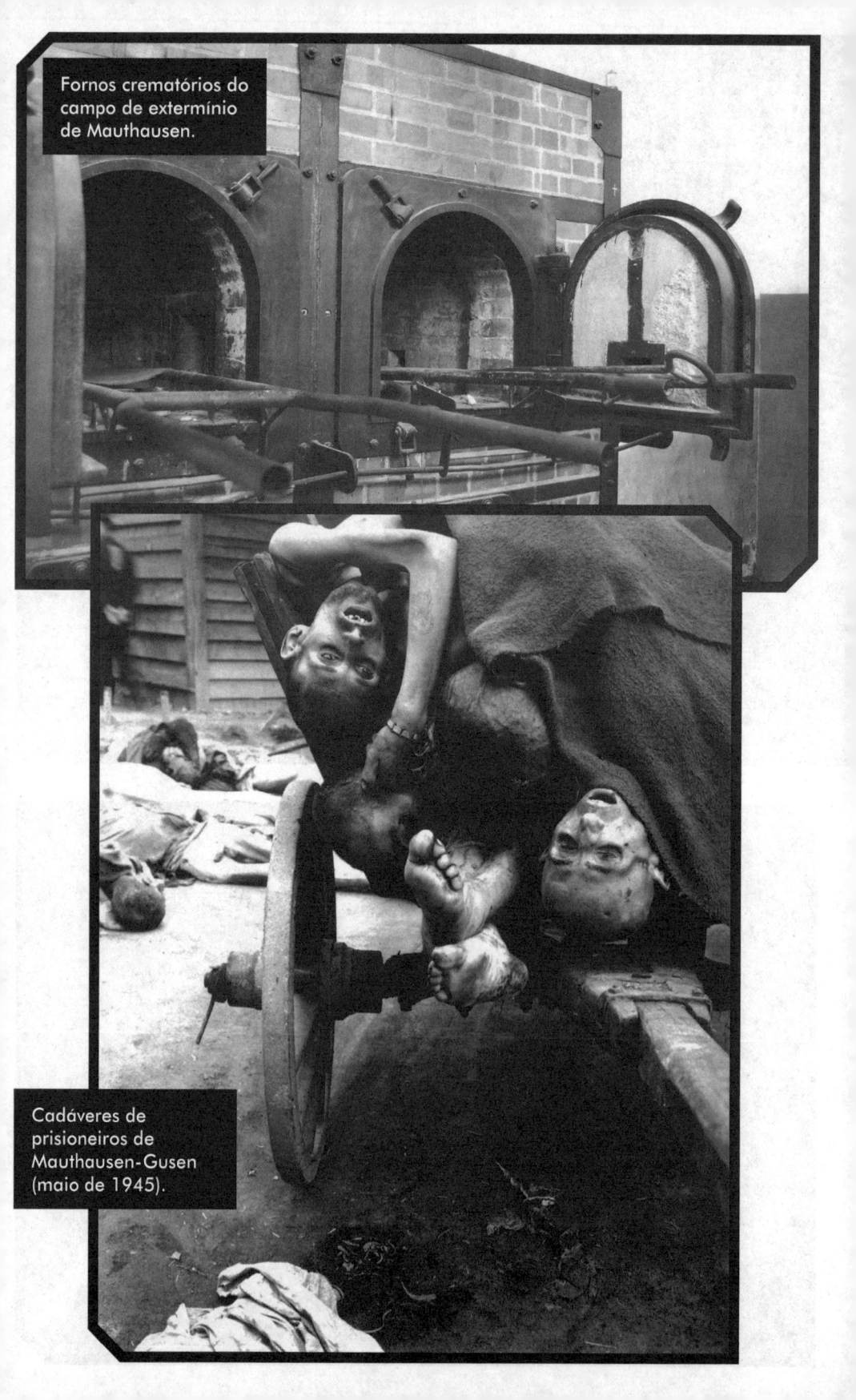

Fornos crematórios do campo de extermínio de Mauthausen.

Cadáveres de prisioneiros de Mauthausen-Gusen (maio de 1945).

BATALHA DE SAIPAN

A Batalha de Saipan foi uma das batalhas que fez parte de uma série de conflitos na região das Marianas durante a Guerra do Pacífico. Teve o início em 15 de junho com o desembarque das tropas americanas na ilha de Saipan após um intenso bombardeio naval. Até então, a ilha era ocupada pelo Exército japonês sob o comando do general Yoshitsugu Saito.

Após a vitória Aliada, a ilha se tornou uma base da aviação norte-americana de grande importância para as operações que se seguiram nas Ilhas Marianas e para a invasão das Filipinas, em outubro daquele mesmo ano, além de uma base para os bombardeiros que atacavam as cidades do Japão nos últimos meses da guerra.

Praia Vermelha 2 às 13:00.

Um fuzileiro busca convencer uma mulher aterrorizada e seus filhos a abandonarem seu refúgio.

Fuzileiros navais se protegem atrás de um de seus tanques enquanto avançam rumo ao extremo norte da Ilha de Saipan, em 8 de julho de 1944.

Portando uma Colt M1911, um fuzileiro naval se move cautelosamente através da selva de Saipan, Julho 1944.

BATALHA DE GUAM

| 21 DE JULHO A 10 DE AGOSTO |

A Segunda Batalha de Guam foi um contronto travado entre os americanos e os japoneses na tentativa de retomar a ilha de Guam, um território dos EUA nas ilhas Marianas que foi capturado pelos japoneses em 1941 na Primeira Batalha de Guam no início da Guerra do Pacífico.

Primeira bandeira em Guam.

Bombardeamento de Guam em 14 de julho de 1944 antes da batalha.

Um soldado do regimento de infantaria morto depois de um ataque a Gyokusai, Guam, 29 de Julho.

Três oficiais do batalhão anfíbio que desempenharam um papel importante na invasão de Guam: da esquerda para a direita: Maj Erwin F. Wann, Maj W. W. Butler e o tenente-coronel Sylvester Stephens.

Fuzileiros navais dos EUA mostram sua apreciação para a Guarda Costeira. Lê-se: "'Marinha saúda Guarda Costeira por sua grande parte na invasão de Guam. Eles nos colocaram aqui e nós pretendemos ficar'."

MARINES SALUTE COAST GUARD FOR THEIR BIG PART IN THE INVASION OF GUAM "THEY PUT US HERE AND WE INTEND TO STAY"

BATALHA DE TINIAN

A Batalha de Tinian foi um dos conflitos da Guerra do Pacífico, travado na ilha de Tinian, nas Ilhas Marianas como parte da ofensiva Aliada para retomar as ilhas da região. A guarnição japonesa de aproximadamente nove mil soldados foi eliminada, e a ilha se juntou Saipan e Guam como uma base para a Força Aérea dos Estado Unidos.

Fuzileiros navais desembarcam em Tinian.

Fuzileiros navais que estavam patrulhando a ilha de Tinian entram em posição de tiro quando são avistados pelo inimigo.

Fuzileiros navais verificam um tanque japonês.

Um avião japonês destruído na Ilha Tinian, em 30 de julho de 1944.

Soldados japoneses mortos em um ataque suicida, na noite de 23 para 24 de julho.

Fuzileiro naval dos EUA e uma criança na cerca de arame farpado da detenção de Tinian.

OPERAÇÃO BAGRATION

Foi o codinome para a chamada Ofensiva Bielorrussa, ocorrida entre 22 de junho e 19 de agosto de 1944. O nome foi dado em homenagem ao príncipe Pyotr Bagration, então general das forças soviéticas ferido na Batalha de Borodino, durante as Guerras Napoleônicas. A ação resultou na quase completa destruição do Grupo de Exércitos Central e três de seus componentes: 4.º Exército, 9.º Exército e 9.º Exército Panzer.

O triunfo militar soviético se deu por conta do movimento coordenado da ofensiva em todas as frentes e operações para enganar o inimigo até a ofensiva geral, no verão de 1944. Apesar do grande número de forças envolvidas na operação, o inimigo não fazia ideia de quando nem onde aconteceria a investida.

Após a batalha, o exército alemão havia perdido cerca de 25% de todas as forças na Frente Oriental, sendo que jamais se recuperou da grande baixa.

Perdas de oficiais nazistas: nove generais mortos, 22 capturados, um perdido e dois que cometeram suicídio. Ao final da operação, o Grupo de Exércitos Central foi quase completamente destruído.

Perdas materiais: 2.000 tanques e 57.000 veículos, além de cerca de 400.000 mortos.

Perdas do lado soviético: 2.957 tanques e 2.447 peças de artilharia, 822 aeronaves.

Perdas humanas: 180.040 mortos e desaparecidos e 590.848 feridos.

Ao longo dos dois meses da batalha, o Exército Vermelho sofreu 25% das perdas da Wehrmacht, liberando inúmeras cidades. Para demonstrar a vitória a outros países, cerca de 50 mil prisioneiros de guerra alemães capturado à leste de Minsk marcharam cerca de 90 minutos pelas ruas de Moscou, e após o fato as ruas foram deliberadamente lavadas com água e sabão. O confronto resultou na maior derrota do exército da Alemanha na Segunda Guerra Mundial.

Soldado alemão em tanque, em um posto de observação.

WILTBERGER MEYER/ARQUIVOS FEDERAIS ALEMÃES

Dois tanques alemães pertencentes à 20ª Divisão Panzer, destruídos em junho de 1944.

Civis carregam pertences retirados de casas em chamas, em julho de 1944.

REVOLTA DE VARSÓVIA

A Revolta de Varsóvia foi uma luta armada na qual o Armia Krajowa (Exército Clandestino Polonês) tentou libertar a cidade do controle nazista. A ação iniciou em 1 de agosto de 1944, às 17 horas, como parte de um ato nacional que deveria durar alguns dias, apenas o suficiente para que o Exército Vermelho chegasse à Varsóvia, mas o avanço foi interrompido pelas forças alemãs, o que atrasou o reforço aos poloneses. A revolta, porém, resistiu por 63 dias, até que, em 2 de outubro, os poloneses se renderam aos alemães.

A ofensiva começou quando os soviéticos se aproximaram da capital. O Exército polonês pretendia manter os alemães ocupados, dando tempo para os soviéticos chegarem à cidade, e ajudar nos esforços de guerra contra as Forças do Eixo. Entre os objetivos secundários estava a libertação de Varsóvia antes da chegada da União Soviética, para assim conquistar seu direito de soberania e desfazer a divisão da Europa Ocidental em esferas de influência sob os poderes Aliados. A esperança era conseguir reinstalar as autoridades de seu país antes que o Comitê de Liberação Nacional Soviético Polonês assumisse o controle.

No início, os poloneses isolaram as áreas substanciais da capital, mas o Exército Vermelho não se aproximou da região até meados de setembro. Dentro da cidade, um conflito intenso entre poloneses e alemães se seguia. Em 16 de setembro, os soviéticos conquistaram territórios a poucos metros das posições polonesas às margens do Rio Vístula, mas não fizeram avanço algum durante o resto da revolta. Este capítulo levou a acusações de que Stalin esperava pelo fracasso da revolta para que, assim, pudesse ocupar a Polônia de forma incontestável. Atualmente, essa é a versão mais confirmada pela história polonesa, sendo que Stalin havia se aliado à Alemanha na invasão e divisão dos territórios poloneses em 1939, e era também responsável por massacres de inúmeros cidadãos, em especial o Massacre de Katyn, onde mais de 20 mil oficiais do exército e civis poloneses foram assassinados na floresta de Katyn, na Rússia, sob ordens diretas de Moscou. Durante todo o período da ocupação soviética no país, entre 1945 e 1989, poderia significar risco de prisão e até mesmo de morte insinuar que o governo soviético estivesse envolvido no massacre, pois a versão oficial do governo era que o ocorrido foi apenas mais um dos crimes cometidos pelos nazistas durante a guerra.

Embora os números exatos permaneçam desconhecidos, é estimado que 16 mil integrantes da resistência polonesa tenham sido mortos e seis mil tenham ficado gravemente feridos. Entre 150 mil e 200 mil civis morreram, a maioria vítima de massacres perpetuados pelas tropas do Eixo. As baixas alemãs foram de aproximadamente 16 mil soldados mortos e nove mil feridos. Durante o combate, estima-se que 25% dos prédios de Varsóvia tenham sido destruídos. Logo após a rendição dos poloneses, as tropas nazistas destruíram, sistematicamente, quarteirão por quarteirão, cerca de 35% da cidade. Somando todos os danos sofridos pela capital desde a invasão em 1939, mais de 85% da cidade estava destruída quando o Exército soviético finalmente ultrapassou suas fronteiras.

Soldados alemães de combate a resistência polaca na Praça do Teatro Square, em Varsóvia, em setembro 1944.

SEIDEL/ARQUIVOS FEDERAIS ALEMÃES

Membros do Exército de Libertação russo durante a Revolta de Varsóvia, em agosto 1944.

Membros da Waffen-SS em combate local. Varsóvia, agosto de 1944.

SCHREMMER/ARQUIVOS FEDERAIS ALEMÃES

OPERAÇÃO DRAGÃO

Também conhecida como Desembarque do Dia D, foi uma etapa determinante para a liberação da França do nazismo. No dia 15 de agosto de 1944, tropas aliadas desembarcaram na região da Provença, sendo, em sua maioria composta por africanos originários das então colônias, que sofreram pesadas baixas com a invasão alemã, ocorrida em 1940. O ataque foi considerado um sucesso pelas forças aliadas, já que, com mais portos, os Aliados conseguiram mais suprimentos para lutar contra o Eixo na Europa.

O combatente e político André Diethelm passa em revista das tropas libertadas em agosto de 1944, em Marselha.

Soldados instalando um pesado canhão antiaéreo, na costa sul da França.

BATALHA DE ARNHEM | 17 A 26 DE SETEMBRO |

O conflito que envolveu as forças do Exército Alemão e os Aliados se deu nas cidades holandesas de Arnhem, Wolfheze, Oosterbeek e Driel, chegando, também, ao interior do país. A conquista da França e da Bélgica no verão de 1944 empolgou as tropas Aliadas em uma tentativa de invadir a Holanda, de modo que a decisão do Marechal de Campo Bernard Montgomery foi organizar o avanço rumo à parte baixa do Rio Reno, possibilitando ao 2º Exército britânico ultrapassar a linha Siegfried, uma das defesas alemãs, lançando um ataque à região do Ruhr.

Para abrir um caminho mais rápido ao coração industrial do Terceiro Reich, foi lançada, no dia 17 de setembro, a chamada Operação Market Garden, a maior operação envolvendo o lançamento de paraquedistas da História. A ideia era conquistar importantes pontes e cidades e permitir, assim, o avanço de tropas amigas. O domínio das pontes se deu conforme o previsto, e os Aliados chegaram a libertar as cidades de Eindhoven e Nijmegen. Era preciso alcançar a ponte da cidade de Arnhem, a mais distante de todas. No entanto, os alemães foram mais rápidos. Os suprimentos e as munições nas aeronaves eram escassos, e os problemas com os aparelhos de rádios impossibilitou a coordenação do ataque com os tanques em solo. Depois de alguns dias, uma pequena força de combate britânica que estava na ponte de Arnhem foi atacada pela Divisão alemã, ficando presa em um bolsão perto do rio. Foram nove dias de combate intenso, até que os paraquedistas britânicos acabaram recuando em uma ação chamada "Operação Berlim". O conflito resultou em pesadas baixas para a divisão de paraquedistas britânica (cerca de 75%) e, desde então, não participaram de mais combates.

Walter Model e Heinz Harmel em reunião durante a Batalha de Arnheim.

Paraquedistas ingleses em cativeiro alemão, em setembro de 1944.

Tropas britânicas mantêm o quartel-general da brigada. Setembro de 1944.

BATALHA DE PELELIU

Travada entre os americanos e os japoneses, a batalha ocorreu na pequena ilha de Peleliu, pertencente à República de Palau. Originalmente constituídas pela 1ª Divisão de Fuzileiros, as forças norte-americanas comandadas pelo major general William Rupertus, contaram com o apoio das tropas do Exército da 81ª Divisão de Infantaria em um combate cujo objetivo era capturar uma pista de pouso localizada em uma ilha de corais. Os combatentes norte-americanos contavam com a vitória, contudo, foram surpreendidos pelas fortificações japonesas bem estruturadas, além de uma resistência brutal, fazendo com que o confronto se estendesse por cerca de dois meses. O combate resultou na morte de 28.000 fuzileiros navais e outras tropas de infantaria. Considerando todas as batalhas ocorridas durante a Guerra do Pacífico, foi a que teve a maior média de vítimas.

Um fuzileiro naval ferido recebe hidratação.

O crânio exposto dá o sinal de perigo na área de combate. Outubro de 1944.

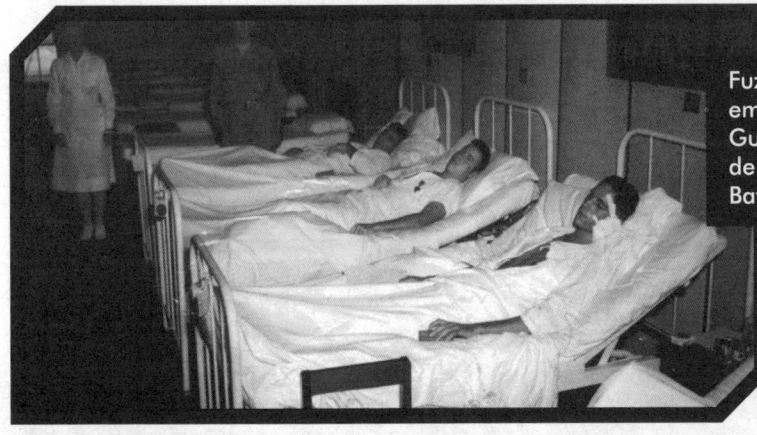
Fuzileiros navais em um hospital em Guadalcanal depois de serem feridos na Batalha de Peleliu.

BATALHA DE AACHEN

A Batalha de Aachen foi um conflito que aconteceu na cidade de mesmo nome, na fronteira da Alemanha com a Holanda e a Bélgica. Em setembro de 1944, Wehrmacht recuou até a fronteira alemã após a derrota na França pelos Aliados. Durante a batalha na França, os comandantes alemães estimaram o tamanho de suas forças em 25 divisões completas; no mesmo período, o Exército alemão operava com 74 divisões em território francês. Mesmo com as pesadas baixas, os alemães conseguiram recuar até a linha Siegfried e reconstruir parte de suas forças, elevando o número de soldados na região para 230 mil ao final do ano. Apesar de pouco treinamento e armas escassas, essa tropa contava com boas posições defensivas e fortificações da linha Siegfried. No mês de setembro, os primeiros combates chegaram aos arredores de Aachen e o comandante alemão da cidade ofereceu sua rendição ao Exército norte-americano. Porém, sua carta de rendição foi descoberta pela SS durante uma batida na cidade em meio à evacuação de civis. Hitler então ordenou a prisão do comandante e substituiu ele e seus homens pelos combatentes da 246ª Divisão de Volksgrenadiers sob comando de Gerhard Wilck. Com isso, os americanos não teriam escolha a não ser conquistar o território à força.

A cidade foi cercada pelas 1ª e 30ª Divisões de Infantaria, com o apoio de outras unidades, e o plano era toma-la atacando por todos os lados. O território era defendido pelo LXXXI Corpo de Exército, que incluía quatro divisões de infantaria e duas formações debilitadas de tanques. Durante o conflito, os alemães receberam aproximadamente 24 mil homens como reforços, e também algumas tropas da 1ª Divisão SS Leibstandarte Adolf Hitler. Apesar de inferior em número, a defesa possuía várias casamatas e fortificações nos arredores da cidade. A ofensiva da 30ª Divisão de Infantaria começou em 2 de outubro e foi imediatamente repelida pela defesa alemã. Os bombardeios por meio de aviões e artilharia terrestre pesada não conseguiram forçar o recuo dos alemães, mas tampouco reduziram o ânimo da tropa e, como resultado, os ataques Aliados ao norte da cidade também não obtiveram sucesso.

A 1ª Divisão de Infantaria americana lançou sua ofensiva em 8 de outubro e conquistou alguns de seus objetivos nas primeiras 48 horas, apesar de ter sofrido vários contratempos devido aos constantes contra-ataques alemães. Enquanto isso, a 30ª Divisão de Infantaria continuava a avançar lentamente, apesar de, em 12 de outubro, ainda estarem sem condições de se unir à 1ª Divisão e completar o cerco ao redor da cidade. Com isso, a 1ª Divisão despachou o 26º Regimento de Infantaria e se preparou para um ataque direto à cidade antes que as tropas pudessem se reunir. A luta dentro da cidade começou em 13 de outubro e se arrastou até o dia 21, com baixas pesadas para ambos os lados. Apesar da implacável resistência alemã, o General Wilck decidiu se render e entregar Aachen aos Aliados em 21 de outubro, encerrando então a batalha. Durante todo o conflito, o Exército americano sofreu pelo menos cinco mil baixas, entre mortos, feridos e desaparecidos, enquanto os alemães perderam mais de cinco mil soldados e cerca de 5.600 mil homens foram aprisionados.

Soldados alemães avançam por uma clareira na floresta ao redor de Aachen, Alemanha.

Soldados alemães de infantaria em veículo de combate.

Artilheiro alemão carregando um canhão antiaéreo.

RODER/ARQUIVOS FEDERAIS ALEMÃES

Prisioneiros alemães capturados com a queda de Aachen, marchando para o cativeiro pelas ruas destruídas da cidade.

Uma equipe de metralhadoras GI (2° Batalhão, 26ª Infantaria) com uma Browing M1919 contra a Wehrmacht nazista nas ruas de Aachen, Alemanha.

BATALHA DA FLORESTA DE HÜRTGEN
19 DE SETEMBRO DE 1944 A 10 DE FEVEREIRO DE 1945

A batalha, que envolveu diversos confrontos sangrentos entre as forças norte-americanas e alemãs, se deu na floresta e Hürtgen. No início, os EUA pretendiam tomar Schmidt, liberar Monschau e deter as forças alemãs na área, a fim de impedir o reforço das linhas de frente ao norte na Batalha de Aachen, lugar onde lutavam as tropas alemãs e americanas na chamada linha Siegfried. A segunda etapa seria avançar rumo ao rio Rur. A rota mais rápida passava pela floresta de Hürtgen, mas a decisão de avançar para a densa floresta foi um erro fatal. O solo acidentado da região, bem como a chuva e a neblina incessantes, seguidas de neve e baixas temperaturas acabaram por desorientar os americanos, transformando o lugar em palco para uma verdadeira carnificina. Os soldados americanos que lutaram na floresta apelidaram o lugar de "Fábrica da Morte". A batalha em Hürtgen deixou ao 1° Exército americano um saldo de 33 mil homens, entre mortos e feridos; já as baixas sofridas pelos alemães chegaram a 28 mil. Com início em setembro de 1944 até fevereiro de 1945, o conflito foi considerado o mais longo já travado em solo alemão durante toda a Segunda Guerra, além de ser o mais longo já travado pelo Exército norte-americano.

Uma casa de fazenda situada na rota principal através de Hürtgen serviu de abrigo para a soldados americanos, em janeiro de 1945.

Um morteiro pesado alemão dispara contra um tanque, em um ataque dos EUA na floresta de Hürtgen (22 de novembro de 1944).

Uma semilagarta americana faz seu caminho através das ruas enlameadas de Hürtgen.

BATALHA DO GOLFO DE LEYTE | 23 A 26 DE OUTUBRO

A maior batalha naval da Segunda Guerra Mundial ocorreu nas águas em uma das ilhas das Filipinas chamada Ilha de Leyte. O combate aconteceu durante a Guerra do Pacífico entre o Japão e as forças Aliadas, que invadiram o lugar com o objetivo de eliminar as linhas de suprimento entre os japoneses e as colônias do Sudeste Asiático, em especial, o fornecimento de combustível para a Marinha Imperial do Japão.

Em um esforço para barrar o desembarque das tropas Aliadas, os soldados japoneses reuniram todas as suas tropas navais, contudo, a operação fracassou, resultando em muitas baixas.

Com sua força naval altamente comprometida, tornou-se impossível à Marinha Imperial Japonesa se lançar em combate novamente, de modo que foi preciso aguardar o final da guerra ancorada em seu próprio território. Foi na ilha de Leyte que os primeiros kamikazes japoneses se lançaram contra a frota norte-americana no Teatro de Operações do Pacífico.

Porta-aviões americano em chamas logo após ser atingido por uma bomba japonesa durante uma operação nas Filipinas, em 24 de outubro de 1944.

Saudação da tripulação do porta-aviões japonês Zuikaku, quando a bandeira é arriada durante a Batalha do Cabo Engaño, em outubro de 1944.

OPERAÇÃO RAINHA

A Operação Rainha foi uma ação anglo-americana dirigida contra o Rio Rur, na Frente Ocidental da linha Siegfried alemã, como um ponto de parada para um impulso posterior ao longo do rio até o Reno, na Alemanha.

A ofensiva teve início em 16 de novembro de 1944, com um dos bombardeios mais intensos dos Aliados na guerra. Porém, o avanço das tropas Aliadas contra a resistência alemã foi surpreendentemente lento, especialmente na Floresta Hürtgen, na qual houve o principal avanço da ofensiva. Em dezembro, os Aliados finalmente conseguiram chegar ao Rio Rur e tentaram capturar as barragens mais importantes, quando o Exército alemão lançou sua ofensiva chamada "Wacht am Rhein". A Batalha das Ardenas que se seguiu levou ao fim imediato dos esforços ofensivos Aliados na Alemanha até fevereiro de 1945.

(Da esquerda para a direita) Bradley, Gerow, Eisenhower e Collins.

Rundstedt (ao meio) e Model (à esquerda) no planejamento da Ofensiva da Ardenas.

ARQUIVOS FEDERAIS ALEMÃES

Tiger II capturado com emblemas americanos improvisadas.

BATALHA DAS ARDENAS
| 16 DE DEZEMBRO DE 1944 A 25 DE JANEIRO DE 1945 |

Conhecida também como Ofensiva das Ardenas, foi a grande contraofensiva alemã na Frente Ocidental, lançada ao fim da Segunda Guerra na floresta das Ardenas, localizada na região da Valônia, Bélgica, chegando também à França e a Luxemburgo. O Exército alemão chamou a ação de "Operação Vigília sobre o Reno". Esta ofensiva alemã foi oficialmente chamada de Campanha Ardena-Alsácia pelo Exército norte-americano, embora ficasse conhecida como Batalha do Bolsão das Ardenas, ou "bulge".

A ofensiva foi apoiada por diversas pequenas operações, como a Unternehmen Bodenplatte, Greif e Währung. O objetivo dos alemães era dividir os Aliados americanos e britânicos, capturando a região da Antuérpia, Bélgica, cercando e destruindo as tropas Aliadas e forçando-as a negociar um tratado de paz com as potências do Eixo. Com esses objetivos alcançados, Hitler poderia focar todo o seu exército contra os soviéticos na Frente Leste.

A operação foi planejada em segredo, com poucas informações via rádio, e com o movimento das tropas acontecendo sempre à noite, com o objetivo de enganar a inteligência dos Aliados, que foram incapazes de antecipar a operação imaginando que uma grande movimentação de soldados seria óbvia aos aviões de reconhecimento.

As forças Aliadas foram completamente pegas de surpresa e com suas linhas de defesa dispersas, além de enfrentarem um inimigo muito resistente. Conflitos intensos ocorreram em um clima ameno, especialmente nas proximidades da cidade de Bastogne, e o terreno que favorecia os Aliados atrasou a tropa inimiga. Os reforços americanos, incluindo o potente 3º Exército do general norte-americano George Patton, bem como as condições climáticas cada vez melhores, além da grande superioridade aérea, permitiram que o Exército alemão e suas linhas de suprimentos fossem dizimadas, especialmente pela Força Aérea Aliada, o que garantiu o fracasso da operação.

Paraquedistas do Exército dos EUA são lançados perto de Grave (Holanda) no início da operação Market Garden.

Civis belgas mortos por unidades alemãs durante a ofensiva.

Colunas de soldados americanos capturados.

ARQUIVOS FEDERAIS ALEMÃES

Comandantes de campo alemães planejam o avanço.

GOTTERT/ARQUIVOS FEDERAIS ALEMÃES

1945

OFENSIVA DE PRAGA

A Ofensiva de Praga foi a última grande operação da União Soviética no cenário europeu da Segunda Guerra Mundial. A batalha durou de 6 até 11 de maio de 1945, ocorrendo junto com o levante de Praga. Todos os soldados do Grupo de Exércitos Central alemão foram capturados ou mortos.

O marechal Konev saudando os soviéticos enquanto entram em Praga, 09 de maio de 1945.

KAREL HAJEK

Olshansky, cemitério de Praga: um local de sepultamento honroso dos soldados soviéticos que morreram durante a libertação da cidade.

OPERAÇÃO DESPERTAR DA PRIMAVERA

Esta grande ofensiva militar alemã ocorreu na Frente Oriental Hungria, entre os dias 6 e 16 de março de 1945. Teve início com uma estratégia secreta e cuidadosamente elaborada por parte do Exército Alemão na região do Lago Balaton, onde estavam suas últimas reservas de combustível. Para essa investida, foram utilizadas as unidades que restaram da Ofensiva das Ardenas, na qual foram derrotados.

O ataque surpresa teve sucesso, mas o Exército Alemão não contava com a pesada contraofensiva lançada pelos soviéticos, que acabaram por forçar sua retirada. Não demorou para que os russos avançassem rumo a Berlim e à Hungria.

Baixas alemãs.

WILFRIED WOSCIDLO/ ARQUIVOS FEDERAIS ALEMÃES

HAMANN/ ARQUIVOS FEDERAIS ALEMÃES

Tanques alemães Tiger II armados com um canhão longo, prontos para entrar em ação.

BATALHA DE MANILA

A Batalha de Manila foi o maior combate urbano da Guerra do Pacífico, ocorrida entre norte-americanos, filipinos e japoneses pela posse da capital das Filipinas, durante um contra-ataque por parte dos Aliados no teatro de guerra do Sudeste Asiático. A batalha foi sangrenta e destruiu toda a cidade, resultando no domínio japonês nas Filipinas durante três anos.

Cidade de Manila destruída após a batalha que levou seu nome, em maio de 1945.

Manila é declarada "Cidade Aberta".

Cidadãos de Manila correm dos subúrbios queimados pelos japoneses, em busca de segurança.

As tropas norte-americanas no estádio de beisebol Rizal, Manila, em 16 de fevereiro de 1945.

Danos causados pelo fogo na estação de correio de Manila, em 1945.

BATALHA DE IWO JIMA

A Batalha de Iwo Jima, ou Operação Detachment, foi travada entre os Estados Unidos e o Japão, entre fevereiro e março de 1945, durante a Guerra do Pacífico. Como resultado, os americanos conquistaram o controle da ilha de Iwo Jima e dos campos aéreos localizados nessa mesma ilha. O combate foi vigoroso, especialmente devido à preparação japonesa, mas as tropas norte-americanas capturaram o ponto mais elevado da ilha, o Monte Suribachi. Ao final do confronto, quase sete mil homens americanos perderam a vida, contra 21 mil japoneses. A razão para a invasão de Iwo Jima se resumia à captura de seus campos aéreos, de modo a fornecer um local de aterragem e de reabastecimento para os bombardeiros norte-americanos no avanço para o Japão, enquanto também tornava possível a escolta dos bombardeiros por caças.

Canhão de 37 mm contra posições inimigas na face norte em Iwo Jima.

Navio de guerra americano bombardeando as defesas japonesas em Iwo Jima.

Fuzileiros navais desembarcando na praia.

Um tanque lança-chamas queima importantes posições japonesas.

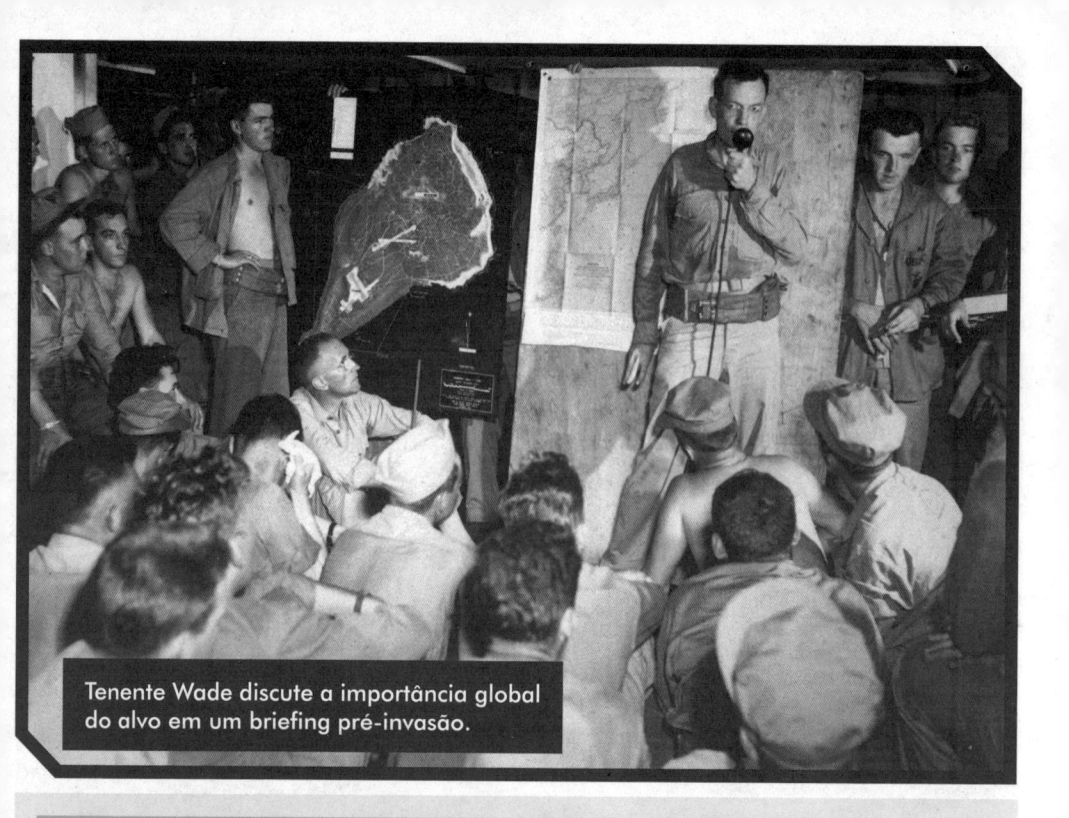

Tenente Wade discute a importância global do alvo em um briefing pré-invasão.

BATALHA DE HALBE

| 24 DE ABRIL A 1 DE MAIO |

A Batalha de Halbe foi um confronto entre o Exército Alemão e o Exército Vermelho. O 9º Exército Alemão, então comandado pelo coronel-general Theodor Busse, foi praticamente aniquilado numa batalha pela ocupação de Berlim.

O 12º Exército liderado pelo General Walther Wenck tentava avançar a oeste no intuito de se render aos Aliados Ocidentais. Para isso, buscaram romper o cerco formado pelas tropas soviéticas, comandadas por Ivan Konev, ao mesmo tempo em que os soldados do marechal Georgy Zhukov combatiam os soldados alemães a noroeste. O 9º Exército buscou se unir aos Aliados ocidentais, passando por um vilarejo em Halbe, mas acabou preso em um bolsão na floresta às margens do Rio Spree. Apenas um terço do exército alemão cumpriu o objetivo, sendo que o restante foi capturado pelos soviéticos. O confronto resultou na perda de 30 mil soldados alemães.

Marechal de Campo Günther von Kluge (à esquerda) com o Coronel General Gotthard Heinrici analisando mapas.

BATALHA DE BERLIM

Resultado da ofensiva soviética contra as forças alemãs, a Batalha de Berlim foi a última do teatro de guerra Europeu. Sua estratégia previa o lançamento simultâneo de diversos ataques no leste da Europa, do Mar Báltico até a região dos Cárpatos, com o objetivo de invadir os países ainda ocupados pelos alemães, chegar a Berlim e terminar a guerra antes que os Aliados no Front Ocidental entrassem na capital do Reich. Ao final desse confronto, Adolf Hitler cometeu suicídio e, poucos dias depois, a Alemanha se rendeu.

Will Hübner sendo condecorado com a medalha de Classe Cruz de Ferro II.

ARQUIVOS FEDERAIS ALEMÃES

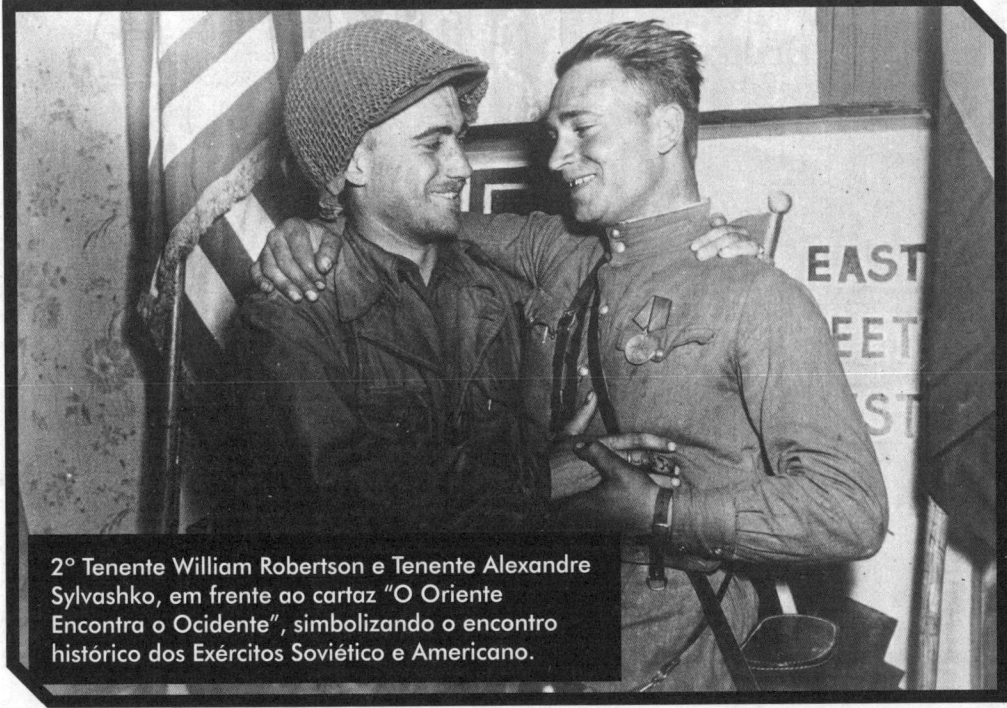

2º Tenente William Robertson e Tenente Alexandre Sylvashko, em frente ao cartaz "O Oriente Encontra o Ocidente", simbolizando o encontro histórico dos Exércitos Soviético e Americano.

Mulheres alemãs lavando roupa em um hidrante de água fria em uma rua de Berlim. Um veículo blindado alemão está ao lado delas (03 de julho de 1945).

Soldados alemães em Berlim. Março de 1945.

O Marechal de Campo Wilhelm Keitel assina o ato de rendição incondicional do exército alemão, em 8 de maio de 1945.

BATALHA DE OKINAWA | 1 DE ABRIL A 22 DE JUNHO |

Ocorrida na ilha de mesmo nome, no arquipélago de Ryukyu, no sul das quatro maiores ilhas do Japão, foi a maior batalha marítimo-terrestre-aérea da História. Nenhum dos lados fazia ideia de que fosse a última grande batalha da Segunda Guerra Mundial. Os norte-americanos planejaram a Operação Downfall, a invasão das principais ilhas do Japão, que nunca aconteceu por causa da rendição japonesa, em agosto de 1945, que se deu após uso das bombas atômicas sobre Hiroshima e Nagazaki.

Os habitantes de Okinawa chamaram essa batalha de "tetsu no ame," e "tetsu no bōfū", que significam, respectivamente, "chuva de ferro" e "vento violento de aço", referindo-se à intensidade de fogo durante o combate.

Em algumas batalhas como a de Iwo Jima, não existiam civis, mas em Okinawa havia uma grande população. As as baixas civis foram contabilizadas em, no mínimo, 130 mil pessoas, enquanto as baixas norte-americanas chegaram a 72 mil, das quais 15.900 foram mortas ou estavam desaparecidas, o dobro de Iwo Jima e Guadalcanal juntas.

Crianças soldados capturadas na Batalha de Okinawa.

Porta-aviões americano USS Bunker Hill em chamas após ser atingido por dois aviões kamikazes.

Fuzileiros navais norte-americanos passam por um soldado japonês morto em uma aldeia destruída, abril de 1945.

Um prisioneiro de guerra japonês se senta atrás do arame farpado depois que ele e 306 outros foram capturados nas últimas 24 horas da batalha pela 6ª Divisão de Fuzileiros Navais.

Um grupo de prisioneiros japoneses capturados na ilha de Okuku, em junho de 1945.

Demonstração de voo da Força Aérea Missouri, 02 de setembro de 1945.